어제는 슬펐다

2024년 11월 20일 1판 1쇄 인쇄 / 2024년 12월 5일 1판 1쇄 발행

지은이 고창 대산초등학교 어린이 / 엮은이 박예분 / 펴낸이 임은주
펴낸곳 청개구리 / 출판등록 2003년 10월 1일 제2023-000033호
주소 (12284) 경기도 남양주시 다산지금로 202 (현대 테라타워 DIMC) B동 317호
전화 031) 560-9810 / 팩스 031) 560-9811
전자우편 treefrog2003@hanmail.net / 네이버블로그 청개구리출판사

편집디자인 서강
출력 우일프린테크 / 인쇄 하정문화사 / 제책 상지사P&B

ISBN 979-11-6252-141-0 (73810)

●KC마크는 공통안전기준에 적합하였음을 의미합니다.
●이 책은 친환경 재생용지를 사용해 제작하였습니다.

어제는 슬펐다

고창 대산초등학교 어린이 시 · 그림
박예분 엮음

행복 속에 꽃을 피우는 수박골 이야기

교장 임후남

시는 삶의 이야기를 종이에 펼치는 그림과 같습니다.

올해도 우리 아이들의 다양한 생각과 마음을 담은 어린이시집 『어제는 슬펐다』가 발간되었습니다.

13명의 어린이 시인들의 큰 꿈이 담긴 시집입니다. 주변의 가족, 친구, 기르는 동물 등과 함께 일상생활에서 보고 듣고 겪으면서 느낀 이야기를 진솔하게 표현했습니다. 자신의 언어로 마음을 나누어 준 작품들은 어떤 글보다도 따뜻하고 감동적이었습니다. 우리 아이들이 키와 몸이 자라듯 생각도 표현도 잘 자라고 있어서 행복합니다.

이런 결실이 있기까지 배움을 위해 열심히 노력해 준 우리 아이들을 응원하고 앞으로 살아갈 삶이 더욱 풍요롭고 행복하기를 기

원합니다.

　함께 지도하고 아이들의 마음을 깨워 주신 박예분 작가님, 그림
을 지도해 주신 김휘녕 화가님, 그리고 임선영 선생님, 김나미 선
생님, 이상곤 선생님, 신현수 선생님, 이현규 선생님, 최유진 선생
님께도 깊은 감사의 말씀을 드립니다.

차례

격려의 말_교장 임후남 ● 4
고창 대산초등학교 어린이들을 소개합니다 ● 10

1학년

김다민_무한쿠폰 ● 14 | 오빠와 싸우면 ● 15 | 어린이날 ● 16 | 엄
청 좋은 아빠 ● 18 | 자전거 타고 ● 19 | 아기 코끼리 ● 20

김재민_어린이날 ● 22 | 학습 안 한 날 ● 23 | 어제는 슬펐다 ● 24
| 착한 부엉이 ● 26 | 제주도 여행 ● 27 | 억울 vs 화 ● 28

오은지_가위 바위 보! ● 30 | 답답할 때 ● 31 | 어린이날 ● 32 | 숨
바꼭질 ● 34 | 언니랑 길을 가다가 ● 35 | 토끼가 되면 ●
36

이단아_내가 안 했는데 ● 38 | 어린이날 ● 39 | 스트레스 날리는
방방 ● 40 | 좀비 꿈 ● 42 | 우리 할아버지 ● 43 | 귀여운
강아지 ● 44

3학년

김승준_달걀 전쟁 • 48 | 매운 어린이날 • 49 | 마음 전쟁 • 50 | 꿈나라 꿈 • 52 | 대장 멧돼지 • 53 | 가을 벚꽃 • 54

오선미_기분 좋을 때 • 56 | 사라지는 과자 • 57 | 싫은 어린이날 • 58 | 재미있는 오빠 • 60 | 바나나 먹는 사자 • 61 | 처음 본 날나람쥐 • 62

이상민_깜짝 어린이날 • 64 | 달나라 꿈 • 65 | 꿈나라 침대 • 66 | 나는 개코원숭이 • 68 | 무서운 강아지 • 69 | 마음 친구 • 70

4학년

이수지_핑크 담요 • 74 | 안경 • 75 | 해씨별에 간 햄스터 • 76 | 어린이날 • 77 | 토요일 • 78 | 집 • 79 | 대단한 거미 • 80

5학년

김도영_게임할 때 ◦ 84 | 약속을 안 지킬 때 ◦ 85 | 주말 ◦ 86 | 3
학년과 5학년 ◦ 88 | 홍해파리 ◦ 89 | 영어 시험 ◦ 90 | 강
아지에 대한 기억 ◦ 92

오성민_말이 안 통해서 ◦ 93 | 엄마가 출장갈 때 ◦ 94 | 기대했던
어린이날 ◦ 95 | 백일홍 ◦ 96 | 부끄러운 날 ◦ 97 | 곰벌레
◦ 98 | 웅덩이 ◦ 100

임형민_내 눈이 뛰어다닌다 ◦ 101 | 내가 이상한 건가? ◦ 102 |
망한 게임 ◦ 104 | 기분 좋은 날 ◦ 105 | 고마운 거미 ◦
106 | 나를 위한 재시험 ◦ 108 | 파리지옥 ◦ 109

6학년

김우영_혼자 있을 때 • 112 | 짜증 공략법 • 113 | 학교 갈 때 •
114 | 마지막 어린이날 • 115 | 나비처럼 • 116 | 벌 • 117
| 무서웠던 꿈 • 118
노율하_고양이 • 120 | 큰오빠 • 121 | 바다거북이 • 122 | 등나무
꽃 • 124 | 가위눌림 • 125 | 해가 되어 • 126 | 집으로 가
는 길 • 128

● 고창 대산초등학교 어린이들을 소개합니다 ●

김다민

김 김구 선생님처럼 훌륭하게
다 다람쥐처럼 귀엽게
민 민트쵸코처럼 상쾌하게 살자

김재민

김 김밥처럼 맛있게 살고 책도 많이 읽고
재 재밌게 놀고 작가의 꿈을 이루며
민 민주시민으로 살면 좋겠어요.

오은지

오 오이처럼 건강하게
은 은처럼 반짝반짝하게
지 지구를 구하는 아이

이단아

이 이슬처럼 깨끗하고 맑아요
단 단단한 마음을 갖고
아 아름다운 아이로 자라면 좋겠어요

김승준

김 김치처럼 매콤달콤 꼭 필요한 사람
승 승승장구하고 언제나
준 준비된 사랑의 힘을 가진 땅꼬마

오선미

오 오색처럼 예쁘게
선 선장처럼 꿈의 바다를 향해하고
미 미래를 만드는 사람

김도영

김 김처럼 바삭바삭 고소하게 살며
도 도라지꽃처럼 활짝 마음을 피우는
영 영원한 우리의 친구

이수지

이 이 아름다운 봄에 피는
수 수선화처럼 신비한 아이
지 지금 이 순간도 행복하길 바랄게.

임형민

임 임금님처럼 멋있고 듬직한 친구
형 형광등처럼 밝게 빛나게 사는
민 민주주의 대한민국의 건강한 어린이

김우영

김 김포공항에서 비행기 타고 전 세계를 누비는
우 우리나라 대표 게이머가 되어서
영 영광스러운 꿈을 펼쳐나가길 바랄게.

이상민

이 이 세상에 이로운 사람
상 상민 자체로도 좋은 친구
민 민들레 홀씨처럼 꿈을 이루는 친구

오성민

오 오랫동안 건강하게 살며
성 성공해서 사람들의 생명을 살리는 농부
민 민생고를 해결해주는 일꾼

노율하

노 노을처럼 자신의 빛을 쏟아내는
율 율하는 사람들에게 재미를 주는 웹툰 작가로
하 하루하루 성장하며 살아갈 거야.

김다민 ● 나는 어린이날이 제일 좋습니다. 어린이날은 쉬는 날이라 더욱 좋습니다. 그래서 「어린이날」을 썼습니다.어린이날 선생님이 아이스크림을 사 주고, 세라의 공주 토끼도 사 주셨습니다. 기분이 하늘만큼 땅만큼 좋았습니다. 매일 어린이날이면 좋겠습니다.

김재민 ● 저는 공부를 많이 합니다. 밤늦게 끝날 때도 많습니다. 공부가 너무 많아서 불편합니다. 가끔 못 놀 때가 있기 때문입니다. 형아는 친구랑 1시간 노는데 나는 못 놀아서 서운했습니다. 그래서 「어제는 슬펐다」를 썼는데, 요즘 엄마가 공부 시간을 조금 줄여 주어서 마음이 조금 편해졌습니다.

오은지 ● 나는 토끼가 되는 상상을 해 보았습니다. 토끼는 귀엽고 예쁘게 생겼습니다. 나는 토끼가 되어 깡충깡충 뛰어다니며 연못을 지나고, 숲으로 가서 산꼭대기까지 달려가고 싶었습니다. 거북이랑 손잡고 사이좋게 가고 싶어서 「토끼가 되면」을 썼습니다.

이단아 ● 나는 스트레스를 받으면 화가 나서 소리를 칩니다. 아니면 바닥에 뒹굴기도 합니다. 나도 왜 그러는지 모르겠습니다. 그런데 스트레스를 받을 때, 방방을 타면 스트레스가 다 풀립니다. 높이 높이 뛰면 재미있고 기분이 좋아져서 「스트레스 날리는 방방」을 썼습니다.

● 김다민

무한 쿠폰

오빠랑 같이 쿠폰 만들기를 했다

안마 쿠폰
설거지 쿠폰
자유이용권 쿠폰
노래 쿠폰
내복약 쿠폰

아빠가 배가 아프다고 해서
내복약 쿠폰을 줬다

오빠랑 내가 준 쿠폰을 받고
아빠가 금방 나아서 같이 놀았다.

오빠와 싸우면

내가 잘못을 안 했는데
고모가 나만 혼냈다
너무 억울해서
엉엉엉 소리 내서 울었다
오빠가 모른 척해서
나는 더 화가 나 계속 울었다.

어린이날

곧 어린이날이라서
선생님이 학교에서
아이스크림을 사 주셨다
달달한 바닐라 맛
시원하고 좋았다

어린이날은 교회 가서
맛있는 거 많이 먹고
세라의 공주 토끼를 갖고
재미있게 놀았다.

엄청 좋은 아빠

아빠랑 같이
저녁밥을 먹을 때도 있고
못 먹을 때도 있다.
하우스에서 일을 하느라
아예 못 들어올 때도 있다.
요즘 아빠가 계속 늦는다.
나는 아빠랑 같이 자고 싶어서
아빠가 빨리 오길 바란다.

자전거 타고

쌩쌩 동네 한 바퀴 돌며
아빠가 일하는 하우스에 가면
고모, 할머니, 아빠가
나를 보고 꼭 하는 말이 있다.

"도롯가에 가면 차 조심해라."

나는 알겠다고 대답하고
자전거 페달을 힘차게 밟고
벌도 보고 나비도 보며
쌩쌩 신나게 달린다.

아기 코끼리

집에서 뒹굴뒹굴 놀면서
기다란 코로 물 마시고
사과도 많이 먹을 거야.

집 마당에 나무를 심고
열매가 주렁주렁 열리면
맛있게 먹을 거야.

● **김재민**

어린이날

가족과 함께 항공우주센터에 갔다.
비가 너무 많이 와서
거기까지 두 시간이나 걸렸다.
설명을 한 시간밖에 못 들어서
시간이 너무 아까웠다.
우주선 연료를 추진제라고
부르는 것을 새롭게 알았다.

학습 안 한 날

머리가 아파서
선생님께 말했더니 엄마에게 전해 줬다.
엄마가 집에서 공부를 조금만 하고
같이 보드게임을 했다.
엄마가 게임이 어렵다고 해서 혼자 놀았다.
공부를 꾸준히 해야 좋은데,
어제는 머리 아파서 잠깐 쉬니까 좋았다.

어제는 슬펐다

학교 끝나고 30분도 못 놀았다.

영어 공부 2시간
특공무술 40분
수학 공부 10분
한자 공부 10분

겨우겨우 공부하고
거실에서 축구 10분 했더니
기분이 조금 나아졌다.

매일매일 1시간 정도 노는데
어제 제일 조금 놀았다.

착한 부엉이

산에서 조난 당한 사람들 구해 줄 거야
부엉부엉 울어서 탈출구를 알려 줄 거야.
사람들이 무사히 집으로 돌아갈 수 있게

밤에 배가 고프면 쥐를 잡아먹을 거야.
친구들이랑 재미 있게 놀고
아침에 해가 뜨면 쿨쿨 잠을 잘 거야.

제주도 여행

형아는 송어를 잡고
큰 게도 잡았는데

나는 아예 안 보여서
하나도 잡지 못했다.

잡은 물고기랑
게를 바다에 놓아 주었다.

다시 모두 놓아 주어서
나는 좀 서운했다.

억울 vs 화

시계를 보니까 30분 이어서
영어책을 읽고 있었다.
엄마가 들어와서
몇 시에 시작했냐고 물었다.
6시에 시작했다고 했더니
엄마가 왜 늦게 시작했냐고
혼을 내서 시계를 봤더니
내가 시계를 잘못 본 것이다.
5시 30분이었는데 6시인 줄 알았다.
너무 억울해서 울었더니
엄마는 운다고 버럭 화를 냈다.

● 오은지

가위 바위 보!

진 사람이 줄넘기를 정리하기로 했다.
단아가 먼저 졌고
다음에 내가 졌다.

단아가 줄넘기를 가져오고
내가 줄넘기를 정리했다.

나도 모르게 눈물이 나왔다.
자꾸자꾸 눈물이 났다.

답답할 때

내가 혼자 놀고 있는데
갑자기 언니가 와서
머리를 주먹으로 쿡 때렸다.
하지 마! 라고 했더니
언니는 모른 척하고 나갔다.
오빠한테 말했더니 나에게
"예쁘다, 예쁘다"라고 해 줬는데도
억울하고 슬펐다.
오빠가 언니를 혼내줬다.

어린이날

짱구 피규어를 갖고
언니랑 나랑 즐겁게 놀았다.
짱구에게 노란색 옷도 입혀 주고
하늘색 장화도 신겨 주었다
오빠랑 같이 짱구 피규어를 가지고
같이 소꿉놀이하며 보냈다.

숨바꼭질

언니랑 숨바꼭질했다.
언니가
"꼭꼭 숨어라, 머리카락 보인다."
나는 얼른 옷장에 숨었다.
조용히 웅크리고 앉아 있는데
갑자기 코가 간질간질 재채기가 났다.
그때 언니가 옷장 문을 열고
"찾았다!"
내가 술래가 되었다.

언니랑 길을 가다가

흰 강아지와 갈색 강아지를 봤다.
언니랑 그냥 걸어가는데
갑자기 흰 강아지가 뒤에 따라왔다.
갈색 강아지도 따라왔다.
무서워서 빨리 걷다가
돌멩이에 걸려서 내가 넘어졌다.
무릎에 상처가 나고 피가 났다.
자꾸자꾸 눈물이 났다.
그래도 언니 손 잡고 뛰었다.
고모가 나와서 같이 집으로 갔다.

토끼가 되면

거북이랑 달리기 시합할 거야
깡충깡충 뛰면서
연못을 지나고 숲으로 가서
산꼭대기까지 달릴 거야.
거북이 손잡고 같이 갈 거야.

● 이단아

내가 안 했는데

어젯밤에 동생이 크레파스로
마룻바닥에 낙서했는데
엄마가 내가 그랬다고 했다
동생이 한 거라고 말해도
내 말을 안 믿어 줘서 답답했다

어린이날

비가 와서 어디 안 갔다.
집에서 그냥 놀았다.

스트레스 날리는 방방

방방을 많이 타고 싶었는데
많이 못 놀아서 아쉬웠다.

지금 타고 싶은데
수업 시간이라서 못 나간다.

쉬는 시간에 나가서
40번 높이 높이 뛰고 싶다.

좀비 꿈

마을 사람들이 좀비가 됐다.
내가 후다닥 도망가면서
볼을 꼬집어 봤더니 안 아팠다.
일어나 보니까 꿈이었다.
완전 무서웠다.

우리 할아버지

내가 할아버지를 놀리고 도망치면
할아버지가 뒤쫓아온다.

재미있어서 또 놀리면
할아버지가 또 쫓아오며

"너, 잡히면 혼날 거야."

그럼 나는 웃으면서
후다닥 도망치고
할아버지는 그냥 방으로 들어간다.

귀여운 강아지

애교가 많은 강아지가 될 거야.
엄마 품에 있는 아기처럼
귀엽고 사랑스러운 강아지가 될 거야.

3학년 이야기

김승준 ● 벚꽃은 봄에 핍니다. 그런데 학교에서 가을에 피는 벚꽃을 보았습니다. 그때 뭔가 이상하다고 느꼈고, 친구들도 이상하다고 느꼈습니다. 지구온난화 때문에 이런 일이 생긴 것 같았습니다. 꽃에 관한 이야기를 시로 쓸 때, 가을에 핀 벚꽃을 떠올리며 「가을 벚꽃」을 썼습니다.

오선미 ● 이모네 집에서 날다람쥐를 처음 보았습니다. 그동안 내가 보았던 다람쥐와 달랐습니다. 날다람쥐가 감나무에 슈우웅 날아올랐습니다. 다리를 쫙 펼치면 날개가 생겨서 하늘을 슈우웅 날아가는 게 너무 신기해서 「처음 본 날다람쥐」를 썼습니다.

이상민 ● 학교 끝나고 집에 갈 때 가끔 무섭습니다. 길에서 목줄이 풀린 강아지를 보면 무서워서 도망갑니다. 강아지가 월! 월! 짖으며 나를 쫓아오면, 금방 내 다리를 물어 버릴 것 같아 도망을 칩니다. 아직 한 번도 물려 보지 않았지만, 그 강아지가 생각나서 「무서운 강아지」를 시로 썼습니다.

● **김승준**

달걀 전쟁

아침에 달걀 후라이를
다민이가 두 개를 먹어 버렸다.

세 개였는데
다민이가 두 개 먹어서
나는 하나밖에 못 먹었다.

기분 안 좋아서
다민이에게 등짝 스매싱을 했다.

다민이가 내 머리를 잡아당겨서
나도 참지 않았다.

매운 어린이날

선물은 안 사줘도 되는데
내가 제일 싫어하는
매운 불고기를 해 줬다.
엄청 매워서 입에 불이 났다.
채소를 먹고 싶었는데
고추랑 양파만 있었다.
상추랑 양배추는 없지만
그냥 맛있게 먹었다.

마음 전쟁

답답할 때 마음속에서
폭탄이 터지는 것 같다

친구가 쉬운 문제를 못 풀 때
내가 알려 주고 싶다

내가 아는 문제인 것 같은데
잘 안 풀릴 때

미사일과 수류탄이 날아와서
마음속에서 전쟁이 일어난다

꿈나라 꿈

나는 꿈을 안 꾼다.
한 번도 안 꿨다.
누우면 금방 잠이 들고
눈뜨면 아침이다.
과학자가 되는 멋진 꿈을
꿈속에서 미리 보고 싶다.

대장 멧돼지

만화영화 주인공 쏘닉처럼
엄청 빠르게 달릴 거야.
그래서 가장 힘이 센
대장 멧돼지가 될 거야.

식량을 많이 구해서
멧돼지들이 굶지 않게 할 거야.

가을 벚꽃

학교 뒤에 있는 벚나무
봄에 팡팡 팡팡 폈다.
봄바람에 휘날리며 아름답게 폈는데
가을에 또 꽃이 폈다.
이상한 일이지만 진짜다.
친구들이랑 선생님도 놀랐다.
아마 지구온난화 때문에 그런 걸까?

● 오선미

기분 좋을 때

소파에서 쿵쿵 뛰면
방방 탈 때처럼

몸이 공중으로 높이
날아가는 것 같다.

"에휴, 잘 뛴다. 잘 뛰어."

오빠가 옆에서 잔소리해도
나는 기분 좋다.

사라지는 과자

날마다 내 과자가 자꾸 없어져서
왜 그럴까 이상하다고 생각했는데
그때 동생이 내가 보는 앞에서
과자를 몰래 먹다가 딱 들켰다.
오빠가 범인이라고 의심했는데
오빠에게 좀 미안했다.
나도 동생 과자를 먹으려고 하는데
갑자기 엄마가 등장해서
나한테만 뭐라고 엄청 혼을 냈다.
너무 억울하고 속상하고 화가 났다.
동생이 나한테 메롱 약 올려서
더 짜증이 났다.

싫은 어린이날

어린이날이 없었으면 좋겠다.
엄마 아빠가 돈 없다면서
선물도 안 사 주고
맛있는 것도 안 해 줬다.
채소 볶음밥만 해 줬다.
나는 고기를 좋아하는데
반찬에 고기는 하나도 없었다.

재미있는 오빠

오빠가 어떤 때는 뽀뽀해 주고
어떤 때는 장난으로 화내고
주먹으로 톡톡 때리고 욕한다.
나는 가만히 있는데
오빠가 심심해서 나를 건드린다.
하지 말라고 말해도 안 듣고
내가 울 정도로 괴롭힌다.
그래도 오빠가 내 옆에 있어야 한다.
오빠가 맛있는 음식을 만들어 주고
게임도 같이하면 재미있다.

바나나 먹는 사자

나는 지금 고기가 필요하다.
어슬렁어슬렁 먹이를 찾아서
마을로 내려가다 멧돼지를 발견했다.
번개처럼 달려가서 공격하는데
배고픈 멧돼지도 물러나지 않는다.
마을에 살고 있는 원숭이들이
바나나를 던져 주어서 먹었다.
생각보다 맛있어서 냠냠 먹었다.

처음 본 날다람쥐

"와, 신기하다!"

이모네 집 감나무에
슈우웅 날아온 날다람쥐
다리를 쫘악 펼치면 날개가 생겨
하늘을 슈우웅 날아다닌다.
빨갛게 익은 감에 코를 대고
킁킁대는 날다람쥐
볼 빵빵 너무너무 귀엽다.

● 이상민

깜짝 어린이날

내가 엄마에게 선물을 달라고 했더니,
엄마가 안 된다고 해서 슬펐다.
근데 엄마가 로봇 장난감을 선물로 줬다.
슬픈 마음이 사라지고 너무 신났다.
저녁에 피자를 사 달라고 했는데
엄마가 내가 좋아하는 치킨을 시켜 줬다.
엄마가 나에게 닭 다리 두 개를 줬는데,
내가 한 개는 동생에게 줬다.
동생이 고맙다고 말해서 기분 좋았다.
우리 엄마는 좋은 엄마다!

달나라 꿈

아침에 침대에 누워서 꿈을 꿨다.
달나라에 가서 토끼를 만났는데
호떡을 줘서 맛있게 먹었다
엄마가 깨워서 일어났다.
계속 더 꿈을 꾸고 싶었는데
밥 먹고 학교에 갔다.

꿈나라 침대

나는 침대에 누울 때
가장 마음이 편하다.

폭신폭신해서
잠이 스르르 온다.

꿈속에서
엄마랑 동생이랑

슈우웅 미끄럼 타며
즐겁게 논다.

나는 개코 원숭이

나무를 자유롭게 타고 다니며
바나나를 따 먹고
친구들과 술래잡기하면서
즐겁게 놀았다.
갑자기 달콤한 냄새가 났다.
킁킁, 킁킁,
코를 벌름거렸다.
사과나무에 빨간 사과가
주렁주렁 열렸다.
친구들과 배부르게 따 먹었다.

무서운 강아지

학교 끝나고 집에 걸어가다가
옆집 강아지를 만났다.
컹컹, 강아지가 마구 짖어댔다.
나는 무서워서 뒤로 돌아서 도망쳤다.
강아지가 계속 쫓아오며
내 다리를 세게 물려고 하는 것 같았다.
너무 무서워서 무조건 달리는데
그때 엄마가 차 타고 오면서 보고
문을 열고 나와서 강아지를 쫓아냈다.
상아지가 뒤를 돌아보며
옆집 있는 쪽으로 잽싸게 달려갔다.
휴, 하마터면 죽을 뻔했다.

마음 친구

승준이랑 나는 서로 마음이 통한다.

승준이가 답답한 일이 있을 때
"너, 답답하니?"
물어 보면 고개를 끄덕이면서
왜 답답한지 말을 해 준다.

내가 레고를 하고 싶을 때
"레고 같이 할래?"
승준이가 기분 좋게 물어 보면
오케이 하면서 즐겁게 레고를 한다.

4학년 이야기

이수지 ● 나는 몇 년 전에 햄스터 '똥글이'를 키웠습니다. 똥글이는 동글동글 귀여웠습니다. 2년쯤 같이 살다가 어느 날 해씨별에 갔습니다. 나는 똥글이랑 잘 놀아 주지 못해서 무척 미안했습니다. 시를 쓰면서 해씨별에 간 똥글이가 편안하게 잘 놀고 재미있게 지내면 좋겠다고 생각했습니다.

● 이수지

핑크 담요

할머니 아는 분이 선물로 주신
핑크 담요

사랑스럽고 귀여운 북극곰들이
백 마리 넘게 그려져 있다.

부드럽고 따뜻해서
날마다 품에 안고 다닌다.

안경

눈이 안 좋아서
작년부터 안경을 썼다.

처음에는 약간 어지러웠지만
글씨도 잘 보이고
사람도 잘 보여서 좋다.

집에 가면 눈이 아파서
안경을 벗어 놓고
학교에 올 때는 꼭 쓴다.

안경도 나랑
같이 학교에 다닌다.

해씨별에 간 햄스터

해씨별에 간 햄스터
2년 동안 같이 살았다.
어느 날 갑자기 눈을 감아서
너무 슬펐다.
해씨별로 여행 간 햄스터
좋아하는 해바라기씨 잔뜩 먹고
우리 집으로 다시
돌아왔으면 좋겠다.

어린이날

평소와 별다른 게 없었다.
2학년 때까지 선물을 받았는데
3학년 4학년 때는 못 받았다.
이제 나에게 어린이날은
그냥 쉬는 날이다.

토요일

토요일은 학교 안 가고 쉬어서 좋다.
9시까지 자고 일어난다.
아침밥은 안 먹고
휴대전화로 유튜브를 본다.
나 혼자지만 심심하지 않다.
유튜브를 보면서 놀고 웃기도 한다.
아빠가 일하다가 와서
점심을 챙겨 주고 또 일하러 간다.
오후에는 그림을 그리며
자유롭게 시간을 보내서 좋다.

집

맘 놓고 자유롭게 쉴 수 있는
나만의 놀이터

대단한 거미

아빠 차 타고 학교 가는 길이었다.
거미 한 마리가
아빠 차 백미러와 창문 사이에
거미줄을 한두 가닥 길게 쳐 놨다.
차가 달리기 시작하자
거미가 거미줄을 한 가닥 잡고
버티고 있다가 바람을 맞고 툭 떨어졌다.
학교에 도착해서 보니까
거미가 땅에 안 떨어지고 거미줄에 붙어 있었다.
대단한 거미였다.

5학년 이야기

김도영 ● 우리 가족은 주말에 항상 밖에서 밥을 먹거나 어디든지 놀러 갑니다. 나는 주말에 집에서 쉬고 싶고 피곤하지만, 빨리빨리 준비하라는 엄마의 말을 듣고 서두릅니다. 그래서 주말 아침마다 잠을 푹 못 잤습니다. 그 생각을 하며 시를 썼는데, 요즘은 가족 외출이 없어서 집에서 쉴 수 있습니다.

오성민 ● 엄마가 요즘 출장을 많이 갑니다. 그래서 나는 매일 동생과 우당탕탕 신나게 놀고, 냉장고를 열고 음식을 꺼내서 맛있게 먹습니다. 휴대전화로 친구들과 게임을 하며 놀고, 동생들과 사이좋게 싸우기도 합니다. 그러다 엄마가 올 때쯤 되면 공습경보를 외치며 어지럽힌 방 정리를 후다닥 합니다. 그 장면이 떠올라서 시를 썼습니다.

임형민 ● 나는 평소에 엄마에게 질문을 많이 합니다. "엄마 오늘 어디가? 저녁밥은 뭐야? 지금 뭐 해?"라는 질문을 자주 합니다. 그런데 엄마는 대답을 잘해 주지 않습니다. 그럴 때 나는 이런 나에게 화가 납니다. 엄마가 대답을 잘 해 주었으면 좋겠다는 마음으로 「내가 이상한 건가?」를 시로 썼습니다. 엄마가 이 글을 보면, 대답을 잘 해 주시겠죠? 엄마 사랑합니다.

● 김도영

게임할 때

내가 이기면 재미있어서
시간 가는 줄 모르고

내가 지면 나도 모르게
입에서 자꾸 욕이 나온다.

약속을 안 지킬 때

형이 나한테 약속을 안 지키면
짜증이 나서 욕을 하고

형이 변명을 늘어놓으면
더 짜증이 나서 반박과 욕을 한다.

내가 욕을 하면 속이 시원하고
형이 나한테 욕을 하면 어이가 없다.

약속도 안 지키면서 당당한 형 때문에
스트레스를 받고 분해서

멈출 수가 없어 싸움을 계속한다.
형이 사과할 때까지.

주말

우리 가족은 주말에 항상 나간다.
밥을 먹으러 가든지
놀러 가든지
어디든 무조건 나간다.
주말에 나는 집에서 쉬고 싶은데
피곤해서 잠을 더 자고 싶은데
빨리빨리 준비하라는 소리에
어쩔 수 없이 일어난다.
주말은 제발 집에서 쉬고 싶다.

3학년과 5학년

요즘 3학년들이 5학년을 자주 이른다
같이 놀다가 장난으로
볼을 살짝 꼬집어도
선생님에게 뽀르르 달려간다.
선생님이 5학년을 불러서
"야, 조심해라!"
선생님 말씀 듣고 이젠 조심한다.
3학년하고 안 놀아 주고 싶은데
자꾸 와서 끼어들며 논다.

홍해파리

늙지 않고 죽지 않는
유전자를 가진 홍해파리

나도 그런 유전자가 있어서
오래오래 살면 좋겠다.

하고 싶은 일 다 하면서
즐겁게 살고 싶다.

영어 시험

2주 전에 영어 시험을 봤다.
거의 10분 만에 시험지를 제출했다.
친구와 똑같이 7개를 맞았는데
선생님이 친구는 통과시켜 주고
나는 나중에 재시험을 보라고 했다.
영어 선생님이 미워서
인상 쓰고 짜증 내면서 집으로 갔다.

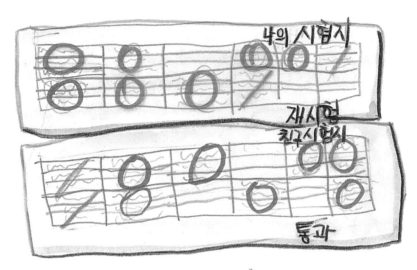

강아지에 대한 기억

가족들이 태국으로 여행 가고
나는 할머니랑 집에 있었다.
학교 끝나고 집에 올 때
형보다 먼저 앞에 뛰어가다가
집 앞에 도착했다.
그날 큰할머니가 우리 집에 놀러 왔는데
따라온 강아지가 현관문 앞에 서 있었다.
물을까 봐 인터넷에서 본 대로
조용히 뒷걸음질했는데
갑자기 강아지가 왈왈 왈왈 짖어 댔다.
나는 잔뜩 겁을 먹고 도망가다가
학교 앞에서 형을 만나서 같이 집으로 갔다.

● **오성민**

말이 안 통해서

친구랑 같이 이야기하는데
못 알아들어서 답답할 때가 있다.

집에서 기분 좋은 일이 있어서
친구에게 말하는데

"뭐? 뭐라고?"

계속 말귀를 못 알아들어서
내 심장을 주먹으로 두드렸다.

엄마가 출장 갈 때

도파민 수치가 상승한다
오로지 나만의 시간

냉장고 문을 열면
맛있는 음식 세상이 펼쳐진다

맛있게 먹고
핸드폰으로 게임을 즐기고

동생들과 사이좋게 싸우며
엄마가 돌아올 시간이 되면

공습경보 공습경보!

집 안에 늘어놓은 것들을
후다닥 옷장 안에 넣는다

기대했던 어린이날

아빠가 주말에 놀러 가기로 했는데
비가 너무 많이 와서 망했다.
맥도날드에 가서 햄버거를 먹고
룰루랄라 신나게 춤을 추고 싶었는데
집에서 빈둥빈둥 너무 지루했다.

백일홍

학교 교문 앞에 피는 백일홍
나무줄기를 간지럼 태우면
나뭇가지가 흔들흔들거린다.
여름에 분홍색 꽃이
오랫동안 피고 지고 피고 진다.
나도 쉽게지지 않는
백일홍처럼 오랫동안 피고 싶다.

부끄러운 날

방과 후 쉬는 시간에
매트에 잠깐 누워서 빈둥거렸다.
형과 동생, 친구들이
나에게 속살이 보인다고 해서
몹시 부끄러웠다.

곰벌레

몸이 1mm도 안 되지만
어디에서든지 살 수 있다.
우주에도 몇 번이나 간
신기한 곰벌레처럼
나도 어디든지 가고 싶다.

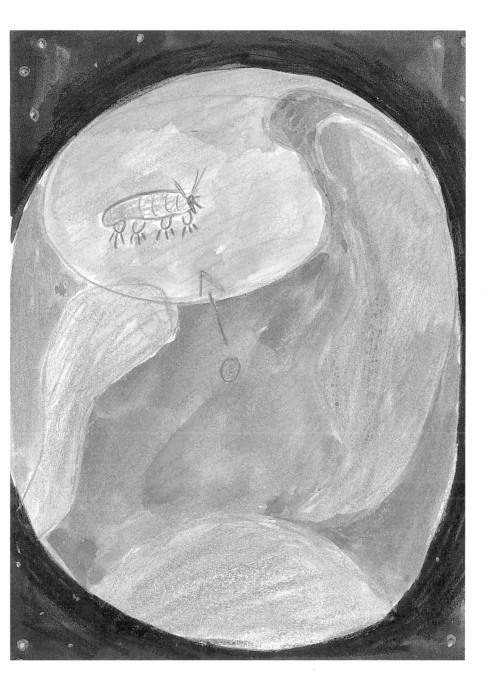

웅덩이

집에 있는 비닐하우스 옆
작은 웅덩이에 썩은 물이 고였다
계속 흙으로 덮어도
비가 계속 와서 다시 웅덩이가 생겼다.
날이 더워지니까 냄새가 나고
모기 유충도 생기고
우리 집 개 까까가 혀를 내밀고 할짝거린다.
아마도 위에 있는 소목장에서
오물이 흘러들어오는 것 같아서
자갈돌과 흙으로 다시 메웠다.
까까가 새끼를 여섯 마리나 낳아서
이제 깨끗한 수돗물을 먹인다.

● **임형민**

내 눈이 뛰어다닌다

형과 친구들하고 축구할 때
내가 골을 넣으면
스스로 대단해서 뿌듯하다
형들이 공을 잘 찰 때
나는 그걸 잘 못 하니까
배우고 싶어서
형들이 발을 움직일 때마다
내 눈이 뛰어다닌다.

내가 이상한 건가?

엄마가 대답을 안 해 줄 때가 있다.

—저녁밥 뭐야?
  엄마, 오늘 어디가?
  엄마, 지금 뭐 해?

내가 아무리 물어봐도
엄마는 대답을 안 하고 일만 한다.

싱크대 물소리와 환풍기 때문에
잘 안 들린다고 해서

엄마 옆에 가까이 가서 말해도
못 들은 척 대답 안 한다.

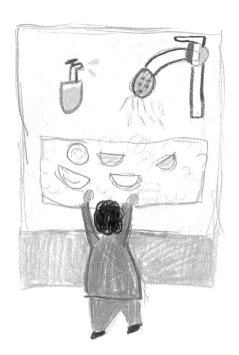

망한 게임

어제 기분이 좋았다.
게임을 하면서 캐릭터를 얻었다.
플레이를 해 봤는데,
서버가 터져서 5분 동안
게임 어플을 계속 들락거렸다.
화가 나서 전원 꺼 버리고
형에게 괜히 화풀이하다가
죽비로 한 대 맞았다
너무 아파서 침대에서 굴렀다.

기분 좋은 날

주말에 아주 지루했는데
엄마가 주문한 택배가 왔다.
어떤 할머니 댁에 맡겼다고 해서
곧장 엄마 차 타고 가서
레고를 찾아서 집으로 왔다.
궁금해서 바로 포장을 뜯어 보고
먼저 저녁을 먹었다.
레고 조립을 하면서 급한 마음에
떼기 힘든 것을 다른 곳에 붙여서
손으로 뜯이도 인 되었다.
형에게 부탁해서 레고를 만드는데
시간이 너무 빨리 가서
저녁 9시 넘어서 완성했다.
나는 그대로 장난감 방에 누워 잠들었다.

고마운 거미

우리 집 현관문에 벌집이 크게 생겼다.
꿀벌이 아니고 말벌 집이다.
처음에는 마스크를 쓰고
전기 파리채로 다 없애려고 했는데
말벌이 너무 많아서 후퇴했다.
다음 날 소방서에 연락하려고 했는데
말벌 집 위에 새까맣고 커다란 거미가 보였다.
배가 고팠는지 밤새 거미줄을 쳐서
다음 날 말벌 여덟 마리나 걸렸다.
엄청나게 똑똑한 거미를 한참 동안 바라봤다.
거미는 한동안 배부르겠다.

나를 위한 재시험

잊어버릴 수 없는 시험이 생각난다.
점수를 조금 맞아서
영어 시험을 통과하지 못했다.
재시험을 봐야 해서 공부하고 있다.
처음에는 화가 났는데,
나를 위해서 공부하는 거라고
생각하니까 마음이 가라앉았다.

파리지옥

파리지옥을 하나 키우면 좋겠다.
파리나 모기가 들어와서
윙윙 웽웽거리면
내가 귀찮게 잡지 않아도
파리지옥이 알아서 척척 잡아 주니까.

6학년 이야기

김우영 ● 나는 아침마다 일찍 일어나 동생을 데리고 학교에 갑니다. 아침마다 동생을 깨워도 일어나지 않고 자고 있습니다. 이런 부분 때문에 동생이 준비를 다 할 때까지 기다리다 학교에 가는 시간이 점점 늦어집니다. 그래서 나는 동생을 이불로 김밥처럼 돌돌 말아서 학교까지 끌고 가고 싶은 마음으로 「학교 갈 때」를 썼습니다.

노율하 ● 나는 해가 쨍쨍하고 바람이 살랑살랑 부는 날씨가 좋습니다. 사람들이 날씨가 좋을 때 기분이 좋아지는 걸 보면서 나는 환한 해가 되고 싶었습니다. 나는 항상 소심해서 먼저 누군가에게 다가가지 못했습니다. 시 「해가 되어」를 쓰고 생각해 보니, 그동안 소심해서 못 다가간 것이 후회되었습니다. 요즘은 좀 나아진 것 같아 좋습니다. 시에 쓴 것처럼 먼저 사람들에게 다가가 도와주고 싶습니다.

● 김우영

혼자 있을 때

나는 제일 편안하다.
일단 잠을 실컷 자고 일어나
거실에서 TV를 틀고 유튜브로
내 꿈과 관련된 게임을 보며
생각하지 못한 대단한 플레이를 보면
나도 그런 게이머가 되고 싶다.

짜증 공략법

게임을 할 때
마음대로 되지 않아 짜증이 나면
미련 없이 게임을 종료한다.

계속하면 더 안 되고
짜증이 더 많아져서
집중이 안 되는 걸 아니까
머리를 잠시 식힌다.

학교 갈 때

학교만 오면 피곤하다.
아침마다 7시에 일어나서
준비하는 게 힘들다.
더 힘든 건 동생을 깨워도
안 일어나니까 답답하다.
이불로 김밥처럼 싸서
학교에 끌고 가고 싶다.
이런 부분이 더 힘들다.

마지막 어린이날

중학생이 되면 어린이가 아니다.
6학년 마지막 어린이날
가족과 친척들이 모여 함께 밥 먹고
카페에 가서 어른들끼리 이야기를 나누었다.
나는 집에 빨리 가고 싶었지만
두 시간 동안 휴대전화만 하면서 기다렸다.
어린이날이 아니라 어른의 날 같았다.
집에서 쉬고 싶었는데 맘껏 쉬지 못했다.

나비처럼

날개를 펴면
어디든 자유롭게 날아다닌다.

나도 나비처럼
세상 곳곳을 날아다니고 싶다.

벌

예전에 살던 집 베란다에
에어 풀장을 설치했다.
누나, 동생, 친구랑 같이
튜브랑 공을 가지고 놀고 있는데
장수말벌 한 마리가 날아왔다.
웽웽 웽웽, 주위를 뱅뱅 돌았다.
무서워서 다들 얼음처럼 굳었는데
다행히 장수말벌이 휙 날아갔다.
모두 긴장이 풀리고 나서
아무 일도 없던 것처럼 놀았다.

무서웠던 꿈

일곱 살 때 무서운 꿈을 꿨다.
이상한 사람이 나를 따라오더니
갑자기 목을 졸랐다.
놀라서 꿈에서 깼는데
동생이 내 목 위에
다리를 올리고 자고 있었다.
동생 다리를 한 대 쳤다.
그것도 모르고
동생은 꿀잠을 잤다.

고양이

우리 집에 사는 고양이 세 마리
유기묘 하얀색 앵두
길고양이 갈색 호두
호두가 낳은
갈색 검은색 하얀색을 합친 너두
셋 다 밥을 너무 먹는다
셋 다 몸이 동글동글 굴러다닌다
너무 귀여워서
낚시 장난감으로 한참 동안 놀아 주면
고양이들은 신나게 뛴다
셋 다 살 빼기 작전에
건강하게 성공하길 바라며.

큰오빠

어린이날 큰 오빠가
나한테 왜 선물 안 주냐고 물었다
선물은 내가 받아야 하는데
어린이 같은 큰오빠가 어이없었다.

어버이날 큰오빠가
아빠한테 술을 택배로 보냈는데,
보내는 사람을 내 이름으로 보내서
더 어이가 없었다.

바다거북이

하루가 너무 늦게 간다
월화수목금까지

주말에 실컷 잠자고
전화를 하거나 게임을 하고
언제든지 집 밖으로 나가서
혼자 자유롭게 산책할 수 있고
공부를 조금만 해도 되는

주말이 빨리 오길 기다리는
나는 육지에 사는 바다거북이

등나무꽃

학교 주차장 앞에
보라색 꽃이 주렁주렁 활짝 폈다
아카시아꽃인 줄 알고 따 먹었다.
달큰하고 맛있었다.
선생님에게 보여 드렸드니
등나무꽃이라고 해서
으악, 했는데
다행히 등나무꽃은 먹어도 된단다.
집에서 등나무꽃으로 만든 차를 마셨는데
역시나 달고 맛있다.

가위눌림

내가 꿈에서 막대기를 던지며
어떤 할아버지를 괴롭혔다.
그 뒤에 귀신이 있어서였다.
꿈을 깼는데 몸이 안 움직였다.
옆구리부터 어깨까지 뜨거워졌다.
내 머릿속에서 어떤 여자가 소리를 질렀다.
엄지로 검지를 세게 눌렀더니,
가위가 스르르 풀렸다.

해가 되어

세상을 환하게 밝혀 주는
해가 되고 싶다.

누군가 우울할 때
마음을 반짝반짝 비춰 주고

누군가 추울 때
다가가 따뜻하게 해 주고 싶다.

집으로 가는 길

학교 끝나고 우리 집에 가려면
학교 앞에서 항상 택시를 탄다.
나는 택시를 타자마자 눈 감고 잔다.
집까지 30분 정도 걸리는데
택시 안에서 자다 꿈을 꾸기도 한다.
신기한 것은 집에 도착할 때쯤
저절로 눈이 딱 떠진다.
잠을 자고 있어도 무의식적으로
집에 가는 걸 기억하나 보다.

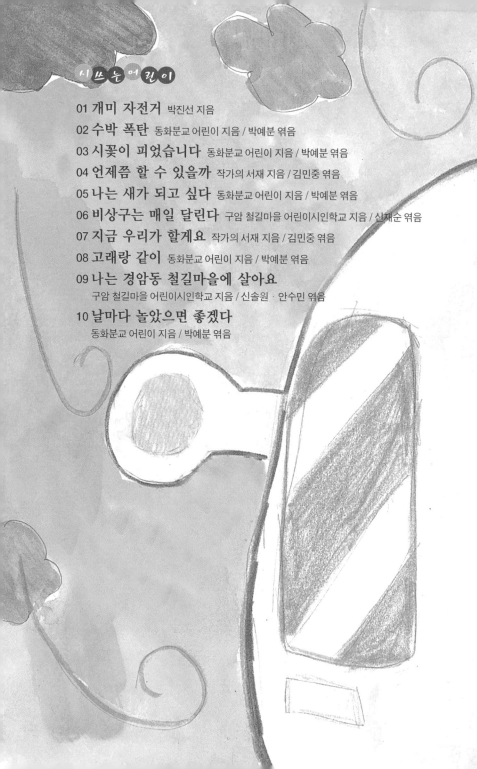

시 쓰는 어린이

01 개미 자전거 박진선 지음

02 수박 폭탄 동화분교 어린이 지음 / 박예분 엮음

03 시꽃이 피었습니다 동화분교 어린이 지음 / 박예분 엮음

04 언제쯤 할 수 있을까 작가의 서재 지음 / 김민중 엮음

05 나는 새가 되고 싶다 동화분교 어린이 지음 / 박예분 엮음

06 비상구는 매일 달린다 구암 철길마을 어린이시인학교 지음 / 신재순 엮음

07 지금 우리가 할게요 작가의 서재 지음 / 김민중 엮음

08 고래랑 같이 동화분교 어린이 지음 / 박예분 엮음

09 나는 경암동 철길마을에 살아요
구암 철길마을 어린이시인학교 지음 / 신솔원 · 안수민 엮음

10 날마다 놀았으면 좋겠다
동화분교 어린이 지음 / 박예분 엮음